Cet album appartient à :

....

À Gäelle

© Père Castor Flammarion, pour la présente édition, 2007
© Père Castor Flammarion, 1971
Imprimé en Asie par Leo Paper - ISBN : 978-2-0812-0796-7

Petit chat perdu

Petit chat perdu

Texte de Natacha

Images d' Albertine Deletaille

Père Castor ▪ Flammarion

– **J'**ai un peu faim,
dit le petit chat perdu.

- Va voir la fermière, répond le chien.
Dis-lui : « Ouaf ! ouaf ! ouaf ! »
Elle te donnera un os.

- Ce n'est pas un os que je veux, c'est du lait.

- Qu'as-tu, petit chat ?
demande le coq.

- J'ai faim !

- Va trouver la fermière et dis-lui : « Cocorico ! »
Elle te donnera du grain.

- Je n'en veux pas ! Je veux du lait !

- J'ai faim !
Maintenant j'ai très faim.

       - Va voir la fermière,
          dit le lapin.
Fronce un peu le nez et remue les oreilles.
Elle te donnera du trèfle.

- Je ne veux pas de trèfle ! Je veux du lait !

- Qu'as-tu, petit chat ?
demande le canard.

- J'ai faim ! tellement faim !

- Va voir la fermière et dis-lui : « Coin-coin-coin ! »
Elle te donnera de la pâtée.

- Je ne veux pas de pâtée ! Je veux du lait !

- J'ai faim !
J'ai vraiment trop faim !
crie le chaton.

- Va voir la fermière, répond la chèvre,
et dis-lui : « Mêê ! mêê ! mêê ! »
Elle te donnera de l'herbe.

- Ce n'est pas de l'herbe que je veux !
C'est du lait ! Je veux du lait ! du lait !

L'âne arrive.
- Tu as vraiment trop faim, petit chat ?
Va voir la fermière, dis-lui :
« Hi-han ! hi-han ! »
Elle te donnera de l'avoine !

- Je ne mangerai pas d'avoine !
Je veux du lait !

- Tu as si faim que ça ? lui demande le gros chat.
Allons voir la fermière.
Tu lui diras : « Miaou ! miaou ! »
et elle te donnera du lait.

- Oh ! oui, miaou : du lait.

- Miaou ! miaou !
dit le chaton d'une toute petite voix.

Et la fermière lui donne du lait.
Le petit chat est content !
Pour dire merci,
il ronronne.

Les classiques en musique...

LES CLASSIQUES EN MUSIQUE AVEC 1 CD

roule galette...

LES CLASSIQUES du Père Castor

ISBN : 978-2-0812-0798-1

ISBN : 978-2-0812-0797-4

À paraître en 2008 : *La chèv*

ISBN : 978-2-0812-0799-8

Monsieur Seguin, Les bons amis, La grande panthère noire, Michka...